BJÖRN TROCKENOBST

„DIE ÄPFEL DES BJÖRNS“

Impressum

2019 Björn Teetz
1. Auflage 2019

Lektorat: Jana
Illustration: K.P.M. Wulff
Buchbau: Ronny Senz

978-3-7482-1297-3 (Paperback)
978-3-7482-0540-1 (Hardcover)
978-3-7482-0541-8 (e-Book)

Vorworte

Ihr Lieben -
mit dem „ Die Äpfel des Björn“ geht es nun ein zweites mal auf eine unterhaltsame Reise durch uns bekannte Erlebniswelten.
Dieses oder jenes mag eigenartig erscheinen doch ich hoffe, dass sie auch darin ihr Vergnügen finden, selbst zu denken.
Besonders freue ich mich über die vielfältigen Illustrationen des K.P.M. Wulff, die für sich ein Kunstwerk darstellen.
Danke Ronny, für die angenehme Buchbastelei mit Dir!
Danke Jana!

Euch Gutes bis...

Björn Trockenobst

Wo steht was warum

ES TUT MIR LEID

Zelten. Sommer. Sonnenschein.
An diesem Tag gab es Sturm!

Deshalb kam ich, vom Angeln,
an diesem Abend,
in unser gemeinsames Zelt zurück.

Du warst überrascht.
Er war überrascht.
Ich war überrascht.

Es war mir so unangenehm.

Ich nahm ihn,
schlug ihn,
zwischendurch erzählte mir seine Freundin,
er hätte nur Salz holen wollen,
pffff...

Warum,
fragte der Kommissar,
haben sie 54 Heringe genommen?
Wegen des Sturms,
Herr Kommissar,
er hat sich immer wieder losgerissen!

DER MENSCH IST EINE ART

Es gibt keine Menschenrassen.
Der Mensch ist eine Art.
Art heißt auch Kunst.
Das ist jetzt ein wenig verwirrend.
Der Mensch ist also auch Kunst.

Scheint die Sonne oft,
nicht kaum,
wird der Mensch braun.

Scheint die Sonne selten,
wie etwa bei den Kelten,
gibt es im Winter Eis-
weiß.

Es gibt
kluge und viel mehr dumme,
alte und hübsche junge
und,
das weiß ich ganz genau,
Mann und Frau.

Treiben die es miteinander,
ob im Sommer oder Winter,
entstehen dabei oftmals
Kinder.

Denn der Weisheit letzter Schluss:
Der Sinn des Lebens ist die Vermehrung,
nicht das Denken
ist
weniger wichtig,
als so mancher
Kuss

FREUNDESKREIS 1. MAI

Mitternacht in Kreuzberg.
Einmal in jedem Jahr
ist der Tanz der vermummten Männchen
aus der autonomen Bar.
Damit sie nicht allein sind,
laden sie noch ein paar Feinde ein-
schöne Grüße von mir,
an den Freundeskreis 1.Mai!

Die Rechten kommen auch gerne
schon mittags zum Feiertag.
So kommt man auch mal ins Fernsehen,
und wenn jenseits vom grünen Rand
ein paar böse Worte fallen,
darf man als Deutscher nicht traurig sein-
schöne Grüße von mir,
an den Freundeskreis 1. Mai!

Irgendwie, durch das Bier oder weiß der Fuchs,
ist der Feind in der Nacht einfach weg.
Vielleicht hält er sich, denn er weiß sich zu tarnen,
hinter Schaufensterscheiben versteckt.
Der feige Feind fährt auch kleine Wagen.
Er muß brennen, der Golf Typ I !
Schöne Grüße auch dafür,
an den Freundeskreis 1. Mai!

Dass die Feinde schon so früh gegangen sind,
ist, wie in jedem Jahr, richtig Mist!
Überraschend, wie in jedem Jahr,
bleiben wenigstens die Polizisten.
Also Steine werfen, verhaftet werden,
so in der Tagesschau dabei-
schöne Grüße von mir,
an den Freundeskreis 1. Mai!

Und im nächsten Jahr die gleiche Party.
Ich finde es so sinnlos, was ihr macht.
Ein Stadtlagerfeuer und ein paar Krüppel,
das ist alles, was ihr schafft.
Könnt ihr denn nicht etwas Anderes spielen?
Revolution oder auf der Schalmei?
Schöne Grüße von mir,
an den Freundeskreis 1. Mai

KLEINER, SCHWARZER HUND, DER AM MEER ENTLANG LÄUFT

Bedeckt durch einen schweren Nebel
ruht die See am Morgen.
Grausig war sie anzusehen,
so still und grau und tot.

Ein Möwenschrei versank gar kläglich
in diesem zähen Morgen,
verscholl über dem weiten Meer und
ward nie mehr gehört.

Da läuft ein kleiner Hund am Meer entlang.
Der findet alles toll, nur das Wasser schmeckt komisch.
Was ihn aber gar nicht und kein bisschen stört,
denn hier kann er laufen und laufen und laufen...

Dazu trägt er sein neues, feuerrotes Halsband.

Ach, könnte ihn doch seine Freundin aus der großen Stadt sehen!
Wie er, so ganz mutig, die großen Seemonster anbellt!
Die würde dann nicht mehr so zicken,
sondern mit ihm
laufen und laufen und laufen...

LISA HAT EIN KLEINES, BUCKLIGES PFERDCHEN

Lisa hat ein kleines, buckliges Pferdchen.
Sie spricht mit ihm.
Sie mag es sehr.
Ihr Vater sagt: So etwas gibt es nicht!

Doch, doch, antwortet eifrig Lisa,
es steht am Hoftor,
es schnaubt und
scharrt mit seinen kleinen Hufen im Sand.

Ihr Vater sagt:
So etwas gibt es nicht!

Er nimmt Lisa an die Hand.
Sie gehen gemeinsam zum Hoftor.
Der Vater hatte recht.
Hier stand kein kleines, buckliges Pferdchen.

Nur-
Lisa setzt sich auf das kleine, bucklige Pferdchen,
winkt dem Vater zum Abschied
und reitet davon

Die Fabel vom Stinkerich Jung- Stinkfried

„ Du bekommst meine Tochter nicht“,
sagte der alte Stinkerich,
„ Du riechst einfach fürchterlich!“

Da wurde er ganz traurig,
der junge Stinkerich,
ein wenig auch die Stinkeline,
und ging fort.

Flussabwärts,
dorthin,
wo, ab und zu,
die bösen Menschen sind.

Beim Picknick saß
die Familie Schönaussehen,
der Vater Architekt,
die Mutter Penis- Designerin,
die Kinder, was Kinder so sind.

Da kam Jung- Stinkfried aus dem Busch.
Nun inzwischen auch etwas wütend geworden
ob der unsäglichen Behandlung durch den Alten
ging er sofort in den lang geübten Handstand,
Frau Schönaussehen rief entsetzt:
„ Oh Gott! Igitt! Ein ekliges Stinktier!“,
wegen dieses Ausrufs nahm er sie ins Visier
und
Pfffff!

Doch nun- Erstaunen.
Verdutzt sein. Huch!?
Statt übelster Katastrophe für die Nase-
erfüllte die Luft gern gerochener Wohlgeruch,
Frau Schönaussehen überlegte hin und her und dabei schnell,
tatsächlich,
dieses Stinktier produzierte
das Parfüm Chanel die Vierte.

Der Rest ist heute längst Geschichte.

Schon ein halbes Jahr später, zur Zeit der Weihnachtslichte,
natürlich nur für die allerfeinsten Damen,
lag unter dem Weihnachtsbaum
ein Fläschchen mit dem Namen
Chanel die Vierte
und,
man glaubt es kaum,
berühmt und reich wurde Jung- Stinkfried,
bald
bekam er seinen eigenen,
großen, grünen Wald,
dazu
eine hochmoderne Höhle
und,
was ihm zu seinem Glück noch fehlte,
das ist doch klar,
die Stinkeline,
stand eines Tages vor seiner Tür,
verlegen doch voller Leidenschaft,
und so wurde unser Stinkekater
zu Ostern
auch noch Vater.

Und wenn sie nicht gestorben sind...

ES WAREN EINMAL ZWEI SCHWEINE

Es war einmal ein Berliner Stadt - Schwein.
Das lebte in einem Altbau, 5. Etage,
in einer Zweiraumwohnung mit Außenklo.

Eines Tages traf es auf dem Treppenflur zur ersten Etage
ein vietnamesisches Hängebauchschwein.
Trotz der ihm anerzogenen Höflichkeit entfuhr ihm ein:
Du bist aber fett!

Jo, antwortete das vietnamesische Hängebauchschwein,
nicht ohne Stolz, das bin ich wohl!
Und Du, dabei kicherte das vietnamesische Hängebauchschwein,
bist Du ein Mädchen?

Nein, sagte das Berliner Stadt- Schwein, wie kommst Du denn darauf?

Du --- kicher, kicher, kicher --- trägst rosa!

Sie verabredeten sich zu einem gemütlichen Abend beim
vietnamesischen Hängebauchschwein.

Uff, stöhnte das Berliner Stadt- Schwein,
ist das langweilig!
Das Essen ist lecker, aber dieser Dia - Vortrag über den Heimatkoben...
... das ist der Trog meiner Ahnen von links besehen. Das ist er von schräg rechts betrachtet. Da siehst Du die Hecke, hinter der sich der Trog meiner Ahnen befindet. Das ist die Hecke im Winter. Das ist die Hecke auch im Winter, doch Du kannst jetzt, wenn Du ganz genau hinschaust, hinter der Hecke den Trog sehen...

Der erste Dia- Abend beim Berliner Stadt - Schwein wäre fast ausgefallen, da sich das vietnamesische Hängebauchschwein um fast eine Stunde verspätete, weshalb das Berliner Stadt- Schwein schon etwas sauer war.

Doch dann sah das Berliner Stadt - Schwein seinen Kumpel, japsend und sichtlich erschöpft, vor der Tür stehen. Als das vietnamesische Hängebauchschwein wieder reden konnte, sagte es:
Ich---- bin --- doch--- kein Kletterschwein! Beileibe nicht.
Noch nie ist einer meiner Ahnen so hoch aufgestiegen! Hier gibt es ja kaum noch Luft!

Trotzdem wurde es ein sehr angenehmer Abend.
Die Dia - Show des Berliner Stadt - Schweins, als kleine Rache geplant, verpuffte in ihrem Ergebnis
wirkungslos, da der Gast einfach wichtige Trog - Passagen verschlief. Aber auch hier gab es gutes Essen und Trinken.

Gemeinsam gingen sie am nächsten Morgen hinunter.
Nicht ohne Bemerkungen seitens des Gastes wie:

Nie wieder. Das mache ich nie wieder. Das ist gefährlich. Kein Schwein, das was auf sich hält, wohnt in der fünften Etage. Nur Du! Außenklo - Ha! Ihr seid alle Rosa - Barbaren. Aber - es war sehr schön....

DAS VÖGELEIN ZINNOBERROT

Auf einem Baume,
gleich bedroht von zwei Knaben,
saß das Vögelein
Zinnoberrot.

Dieser Baum,
er war,
von weitem betrachtet,
ein ganz schiefer,
doch wenn man etwas näher kam,
da war er eine Kiefer.

Darauf
das Vögelein Zinnoberrot.
Das schossen dann die Knaben tot.

ZWEI JUNGE, TOTE RATTEN

lagen,
überfahren,
nur eine Fahrradminute
voneinander
entfernt,
auf der Straße zum Gesundheitsamt.

Das tut mir leid.
Wieder wurde ein beginnendes Leben
ausgelöscht,
wertvolles, genetisches Material
einfach
überrollt.

Bestimmt ist dies der Fahrer
eines
Dieselfahrzeugs gewesen.
Die sind so.

DIE HUMMEL, DIE BLUMEN UND DIE GLASSCHEIBE

Summm.Summmmm. Summm.
Ah!
Summm. Summmm. Summm.
Mhm!
Summm. Summmm. Summm.
Oh! Mhm!

Summm. Summmm. Su- Boing!
Krrrrrrk.
Auoa!

MILCHKANNEN

Auf leeren Milchkannen
klappern die Henkel
besonders
laut.

Auf vollen Milchkannen
klingen die Henkel
eher
dumpf.

Ich mag das Klappern
der Henkel
auf leeren Milchkannen
lieber.

Ein Wähler.

GENIESSEN

Ich genieße den Moment,
allein,
mit mir zu sein.
Mich dabei wohl zu fühlen,
bei diesem
Alleine sein.
Erlernbar ist es also doch.
Ich habe nicht daran geglaubt.
Lernen heißt nicht,
dass es für mein Inneres was taugt.
Ich stolpere
über meine eigenen Hürden,
weil sie unsichtbar
für mich selber sind.
Sind es welche,
oder bin ich das wirklich?
Jahreszeiten sind auch nicht das Meer!
Cheats
sind für mich nicht zu leben,
weil ich nicht noch einmal beginnen kann.
Man hat auf mich geschossen -
Ich habe Minen gelegt.
Es gab Tote und das Glück,
überlebt zu haben.
Und der Wind in den Weiden, auf dem Feld
wächst das neue Grün.
Aus der Nase, den Ohren die lästigen Haare und
Du bist heute bei mir!
Und
auf den Abend, die Nacht, da folgt der Morgen,
auf den Morgen ein neuer Tag.
Du bist dann hier, dann wieder dort,
sicher irgendwo.
Wenn Du mit Dir gut bist,
ist es okay.

IM KELLER

Liebe Frau,
heute ist Mittwoch.
Gewaschen und bereit?
Für die spontane Lust?
Nur das Bettzeug ist neu.
Komm,
lass uns fünf Treppen hinunter steigen.
Du musst Dich nicht schminken.
Das ist doch egal-
dort, im Keller.

Flackerndes Bollern aus den Gasomaten,
der Sektkühler hält
seine 65 Grad.
Durch ein Heizungsrohr swingt ein geiles Stöhnen -
Ja, da machen wir doch mit -
hier im Keller.

Grünes Licht im roten Gewölbe für alles,
was wir tun wollen.
Riechen, schmecken, fassen bis zur Penetrierung.
Bis nichts mehr geht.
Bis keiner mehr will.
Hier im Keller!

HILDEGARD GEHT JOGGEN

Hildegard geht joggen,
im Oderbruch-Tal, und
wenn dazu die Sonne scheint,
dann wird es wunderbar!

Über Stock und Stein
und das samtweiche Moos,
an Kiefern vorbei
bis an den Strom.
Danach zurück durch den Urwald und
dann hört sie ihn schon -
ihren Gefährten seit den Februarfrösten-
den sorbischen, den jungen Wolf Ingo!

Der hat sie schon lange
in sein Herz geschlossen.
Sie riecht so bereit und auch sonst
so gut.
Auf der Lichtung an den Felsen
gibt es für ihn Leckerlis
und dann kuscheln sie gemeinsam gegen das Böse.
Eine Liebe so rein, wie kaum auf der Welt!

Hildegard macht Liebe, im Oderbruch-Tal, und
wenn dazu die Sonne scheint,
dann wird es wunderbar.

TANZ, FETTE ELFE, TANZ!

Tanz, fette Elfe, tanz!
Lass die schwarzen Achselhaare wehen!
Dreh Dich um und um und um...

Tanz, fette Elfe, tanz!
Tanz, fette Elfe, tanz!
Gewichtige Anmut mit Libellenflügeln.
Dreh Dich um und um und um...

Tanz, fette Elfe, tanz!

Wogende Zufriedenheit im
Edel - Fisch - Duft.
Schwebende Grazie in
transpirierter Nebel - Luft.
Tanz, fette Elfe, tanz!

Die Augen fest geschlossen.
Du bist die schönste auf dem Elfenball.
Die Augen fest geschlossen.
Du bist die schönste auf dem Elfenball.

PRIMELFEIN

Sitzt das sture Mädchen Primelfein,
sagt nichts,
schaut nur
von der Wiese in die Ferne hinein.
Sagt nichts.
Schaut nur.

An ihrer Seite zwei Hunde.
Lieb, in mischlingsgrau.
Die sagen auch nichts und schauen
mit ihr auf das
Land mit dem Märchen - Azur...

Kommt aus einem Busch der Buh - Buh - Bär!
Die Hunde freuen sich.
Das Mädchen nicht so.
Bringt, zur Versöhnung einen Picknickkorb.
Die Hunde freuen sich.
Das Mädchen nicht so.

Wurst und Wasser für die Hunde.
Kurzer Dankesblick.
Wenn es mit ihr so einfach wäre,
doch sie mag nichts aus der Metzgerei...

Das wird so nichts, sagt sich die Sonne und
geht unter.
Es wird kälter.
Fröstelnd schaut das Mädchen zu dem Bären.
Der träumt schön-
deshalb weckt sie ihn.
So, Du Bär, Du hast ein Fell,
und überhaupt, was war denn los, wo warst Du nur die ganze Zeit?
Nun komm heran, denn mir ist kalt!
Die liebste Frau darf doch nicht frieren!

GRETCHEN UND DIE VEGANISCHE ÖKO- HEXE

Es war einmal... gestern.
Gestern, am späten Nachmittag, hatte Gretchens Mutter die Nase von Gretchen gestrichen voll, denn Gretchen roch wieder einmal, als wäre sie so eben einer Fritteuse entsprungen.
Erbost fragte die Mutter das Gretchen:
Musst Du denn immer so viel fressen?
Kaum 10 Jahre alt geworden, übrigens nachträgliche Glückwünsche zum Geburtstag...
9. Ich bin erst 9 geworden, liebe Mami.
...

Jedenfalls siehst Du wie ein aufgeblasenes Mädchen aus.
Mami, antwortete Gretchen, mein Psychologe sagt,
dass ich damit fehlende Liebe kompensiere.
Mit Hamburgern, Softdrinks, Eis, Pommes frites, Kuchen, Schokolade und Milchshakes? Mich liebt ebenfalls niemand. Sehe ich deshalb so aus wie

Du?
Nein, Mammi, aber Du bist ja auch viel älter.
Damit hatte Gretchen den Toleranzbereich ihrer Mutter endgültig überschritten. Diese verfrachtete darauf hin Gretchen in ihren Ford Pickup und fuhr in einen tiefen, tiefen dunklen Wald und lud Gretchen, dort angekommen, zu einer spannenden Mammi- und Tochternachtwanderung ein.
Nach zweieinhalb Stunden des Hin- und Hers, über faulende Baumstämme und modrige Wiesen fragte das erschöpfte Gretchen:
Mammi, möchtest Du mich aussetzen? Könntest Du das bitte jetzt erledigen?
Aber nein, mein Kind. Schau, dort auf der Lichtung steht ein Reh!
Mammi, ich sehe dort nichts.
Da musst Du näher heran gehen. So etwas nennt man Altersnachtweitsichtigkeit.
Mammi, ich mag nicht mehr gehen. Na gut ich sehe- oh, da ist sie fort. Wie befürchtet. Nun bin ich allein in diesem tiefen, tiefen dunklen Wald. Doch halt-
In der Ferne brennt ein Licht. Das sind bestimmt 258 Meter. Das werde ich schaffen.
Und Hunger habe ich auch.

Dann kämpfte sich Gretchen durch den tiefen, tiefen dunklen Wald, übersprang Pilze, wich den schnellen Schnecken und den Spinnenweben aus, fluchte, zerbrach so manchen Ast- doch dann hatte sie es geschafft.
Auf der Lichtung vor ihr stand ein allerliebstes Häuschen aus braunen Schindeln, auf denen sich weiße, gelbe und rote Verzierungen befanden.
Ha, dachte sich das Gretchen, dieses Häuschen kenne ich. Das ist das Lebkuchenhexenhäuschen. Das kommt zur rechten Zeit, denn ich habe sooo einen Hunger. Dachte sich das Gretchen, brach ein Stückchen einer Schindel ab und biss herzhaft hinein.
Igitt. Was ist denn das?
Knusper, knusper, knäuschen,
wer knabbert an meinem Häuschen?
Ich bin es, das Gretchen, und es schmeckt nicht nach Lebkuchen.
Darauf hin ertönte aus dem Haus:
Die richtige Antwort sollte lauten:
Der Wind, der Wind,
das himmlische Kind.

Es schmeckt aber nach nichts. Ich bin das Gretchen, kein himmlisches Kind und - wer spricht da mit mir?
Da öffnete sich, mit einem langsamen Knarren, die Tür des Häuschens und aus der schummrigen Helligkeit trat eine sanft schauende, fast kugelrunde Frau heraus und sagte zu dem aufgebrachten Kind:
Das ist Tofu, mein liebes Kind.
Tofu mit einem Hauch brauner Süßlichkeit überzogen.
Das schmeckt nicht.
Tut es sehr wohl.
Tut es nicht.
Tut es doch.
Tut es nicht.
Tut es- hast Du vielleicht Hunger?
Ja. Ich habe sogar großen Hunger.
Dann komm herein, Gretchen. Ich habe uns ein Abendbrot bereitet.
Das nennst Du ein Abendbrot? Das ist Unkraut.
Andere Menschen nennen es Gemüse.
Ich habe Hunger!
Dann iss!

Ich bin kein Kaninchen. Ich bin ein Allesfresser.
Dann solltest Du jetzt damit beginnen.
Und wenn ich nicht will?
Dann isst Du eben nichts. Ich, jedenfalls, werde jetzt essen.
Was ist das?
In Hexenfachkreisen nennt man so etwas eine Mohrrübe.
Im Moor liegen doch immer diese Leichen herum. Das kann nicht gesund sein. So vergingen die nächsten Wochen und Gretchen schimpfte und schimpfte und half beim ernten des Gemüses, dem Suchen nach Kräutern, der Zubereitung der Mahlzeiten; lief hier hin und lief dort hin und eines Tages, zur späten Nachmittagsstunde, klopfte es an die Tür.
Die fast kugelrunde Hexe rief:
Herein, so lange es kein Schneider ist
Herein trat - Gretchens Mutter.
Guten Abend, liebe Schwester.
Gretchen, Du bist so groß und schlank geworden.
Nein, Mutter, nur schlanker und....
Ab jetzt gibt es ganz viele Möglichkeiten, wie das Märchen enden könnte...

KIFFERPROBER

Also- diese Töne sagen mir erst einmal nichts.
Warte.
Warte.
Kapodaster 5. Bund - nun kann es losgehen.
Ach - das Lied meinst Du.
Warte...
Gleich weiß ich es wieder...
Das stimmt ja so gar nicht.
Wieso denn C- Dur?
Ach ja.
3. Bund.
Hui, der B - Teil hat es aber in sich.
Haben wir den schon immer so schnell gespielt?
Ist der Refrain neu?
Genau -
die letzte Zeile wird wiederholt.
Wie oft?
Ach so.
Erinnere mich.

HEXENSAGEN

Sie spricht:
Ein Reif auf den herbstlichen Morgen.
Sie spricht:
Ein Märchen im Buch für den Tag.
Sie spricht:
Eine sehende Frau in den Abend.
Sie spricht:
Ein Blau in die Federn der Nacht.

Sie sagt,
sie folgt dem Pfad einer Ahnin,
der schon im Schatten der Burgen begann;
der führt
sie in den Hort ihrer Seele,
den sie doch sucht.
Ihr Leben lang.

Sie ist
ein langsam vergehendes Wesen.
Sie ist:
ein Kind keiner Zeit, keiner Welt.
Sie ist
zu empfinden wie lebendige Winde.
Sie ist
ein Schimmern im hier und im jetzt.

Wie wird
ihr Willkommen werden?
Ein Reigen aus Blättern und Tönen - so schön
Wie das Licht kristallener Blumen?
Unendlich erfüllender Hort ihres Bleibens?

PLISCH, PLUM UND PUMMELPLUM

Es waren einmal drei kleine Hündchen.
Die hießen Plisch, Plum und Pummelplum.

Jeden Tag besuchten sie das große Spielhaus.

Die Menschen mochten
Plisch, Plum und Pummelplum,
denn Plisch, Plum und Pummelplum waren
drei allerliebste kleine Hündchen.
Ein wenig zu dick, aber allerliebst.

Jahre später.

Plisch, Plum und Pummelplum besuchten immer noch,
jeden Tag, das große Spielhaus.
Sie hätten schon lange Hunde sein müssen,
doch etwas hinderte sie daran.

Eines Tages schloss das große Spielhaus.
Plisch, Plum und Pummelplum trafen sich nun täglich,
zur gewohnten Zeit,
vor dem Haus, warteten eine Weile
und verabredeten sich für den nächsten Tag.

Ein Mensch hatte sich aber im Vorfeld gekümmert.
Als die alten Hündchen ihren Meister sahen -
da gab es schon Tränchen.
Auf beiden Seiten.

Dann sagte der Meister:
Ich habe für uns ein neues, wenn auch kleineres, Spielhaus!

Und wenn sie nicht gestorben sind,
treffen sich Plisch, Plum und Pummelplum und ihr Meister
immer noch in ihrem kleinen Spielhaus.

HINÜBER

Ein Mann
im Dahindämmern
durch
Tage und Jahre,
Orte und Gedanken.

Er hatte heute seine siebenjährige Labradorhündin
einschläfern lassen müssen,
weil seine Frau das so wollte.

Oh,
wie klein hat er werden müssen,
um das zu tun!
Wahrscheinlich
schon immer gewesen,
doch ihr Kick brachte ihn dazu,
sich dabei schlecht zu fühlen.

Er beschloss, anders zu sein.
Anders zu gehen,
anders zu lesen,
anders zu sein.

Oh,
keine Schmerzen,
mehr ein ständiges Schwinden der Kraft.
Bis
er sich auf dem Klo erwischt,
weint und zu sich sagt:
So wird es weitergehen.

Warum nicht so?
Warum ein wohin?
Warum nicht so?

Wird sie ihn lieben,
mehr lieben
und
immer noch ein bisschen mehr lieben.

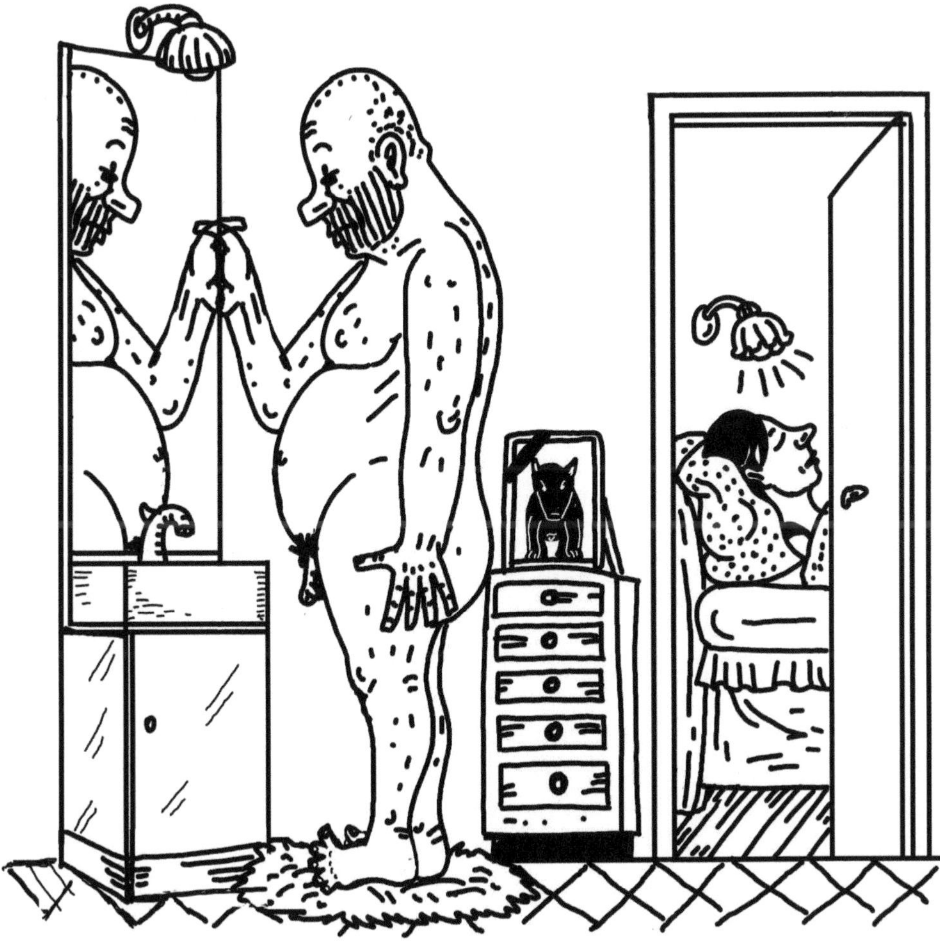

ICH HABE IM KOPF EINEN FLOHMARKT

Ich habe im Kopf einen Flohmarkt
für Geschichten aus der Anders-Welt,
bin der Besitzer und Steuereintreiber,
was nun nicht jedem in meinem Kopf gefällt.

Rund um die alte BUCHe
haben die anheimelnden Damen der Märchen
ihren kunterbunten Stand.
Die sind dort schon seit meinen Kindertagen.
Von denen brauche ich kein Geld erwarten,
weil sie, ohne nur einmal ihren Wert zu bedenken,
auch die schönsten Märchen,
mit großer Freude,
verschenken.
Will ich von ihnen den Zehnten, dann lächeln sie mich nur an
und sagen:
Nun werde mal nicht komisch,
Alter,
sonst gibt es was mit der Hand!

Am Springbrunnen
hat die rebellische Jugendgruppe mit
Seewolf, dem alten Hund, und
einem Stern-Recorder
ihren Platz gefunden.
Verfangen in ewig währenden Diskussionen
über die Lösung
dringender Weltenfragen,
unter dem geht es nicht,
können sie Banales,
wie etwa Fragen nach dem Zehnten,
nicht ertragen.
Ja,
wäre ich eine schön anzusehende junge Frau...
Aber so wohl eher nicht.

Gemütlich
geht es bei den gelassenen Kramverkäufern zu.
Ich werde zum Kaffee eingeladen,
hier und da gibt es,
neben den gemeinsamen Erinnerungen,
auch delikater Art,
sogar Fragen
zu meiner werten Person,
nicht übertrieben,
denn schließlich kennt man sich schon
lange und,
mal ehrlich,
unter Freunden auch nur den Zehnten zu erwähnen-
nein, da würde ich mich schämen.

Bei den Notentrödlern finde ich es
immer besonders interessant.
Da kann ich gar nicht anders, als mit ihnen
über das neueste Alte zu lamentieren,
dieses zu loben oder jenes zu verdammen,
und,
sollte ich mal,
am Rande, ganz nebenbei, geradezu versehentlich,
den Zehnten erwähnen,
dann wird eiligst musiziert,
bis der Gedanke an das Unaussprechliche
in den Tiefen und Höhen von Klängen
seinen Sinn verliert.

Nahe des Ausganges gibt es die Abteilung Sachbuch.
Hier herrscht das zänkische- zahnlose Zerrbild eines Zahlenmeisters.
Markenzeichen: Höhnisches Gemecker.
Ein unangenehmes Gedankengebilde.
Wenigstens`Guten Tag`sagen muß ich.

Guten Tag, Herr Zahlmeister!

Ha!
Das sehe ich Dir doch an!
Nix haste wieder gekriegt- Du Finanzlusche!
Von mir kriegste auch nix!

MOMENT EINMAL!

Ganz abgesehen von der wirklich schönen Zeit,
abgesehen von Dir,
die ich bei Euch verbracht habe-

von den anheimelnden Damen habe ich etwas Märchen gehört,
dies mixe ich,
mit einem Hauch jugendlicher Rebellion sowie
altersakzeptierender Gelassenheit,
dazu kommen, als Begleitung,
nachhallende, sphärische Klänge
und
schwupps
ist
Na?
Na??
Na???
meine Steuererklärung fertig.

Ha!
Typisch!
Ich habe keine Bedeutung!
Bin ja nur der Sachbuchheini!

Ganz ruhig, alter Freund.
Wegen Dir gebe ich sie auch ab.

FAHRRADFAHREN IM HERBSTREGEN

Ich mag es.
Nicht immer.
Nur,
wenn es regnet.

FAHRRADFAHREN IM HERBSTREGEN II

Starke Böen,
vornübergebeugt,
das Käppi am Kopf festgetackert.
Kalte Wasserschwaden,
die wie nasse Handtücher auf den Körper einschlagen.

Oh -
nun ist er hingefallen!

Ah -
es geht weiter.
Bei 22° und Klassikradio
ist es doch im Auto recht gemütlich.
Ich mag es.

SCHWANGERSCHAFT

Am
Sonntagmorgen,
08.34 Uhr, zum Frühstück im Wohnzimmer,
verkündete
die sechzehnjährige Johanna
ihrem Vater
„Ich bin schwanger!“

Der rief:
„Das ist doch wunderbar!
Mein kleines Mädchen mit dem
güldenen Haar!
Mama, komm doch mal,
damit auch Du es weißt-
im Frühjahr
wirst Du Oma!“

Die Mama,
mit Schürze und feuchten Händen,
kam aus der Küche
hinzu gerannt,
rief ihrerseits:
„ Ich hatte es geahnt!
Mein kleines Mädchen-
jung und schön und bereit für einen Mann,
so, wie es sich eine Mutter
nur wünschen kann!
Das soll die Oma,“
an dieser Stelle kicherte sie,
„bald nun UR- Oma, erfahren!“
Und
eilte zum Telefon
davon.

Der Abend
sah sie stillvergnügt,
in trauter Eintracht vor dem Fernsehapparat,
dem sonntäglichen „ Tatort",
sitzen,
nur
ab und zu huschten ihre Gedanken fort,
in eine gute Zukunft.

HARTMUTH

Hartmuth -
steh auf!
Hartmuth -
vergiss nachher nicht wieder deine Pillen!
Hartmuth -
vergiss nicht,
den Müll hinunter zu bringen!
Hartmuth -
wir erwarten morgen Gäste!
Hartmuth -
Du musst noch Wein einkaufen!
Hartmuth -
hole mir mein Kleid vom Friseur!
Hartmuth -
ich möchte heute abend Vollmond!
Hartmuth -
in der Zeitung steht, dass Du ein Idiot bist.

Hartmuth! Hartmuth?
Wo steckt den dieser Kerl wieder?
Im Bett.
Im Bett!?!
Das ist doch...

Oh.

HEISSA!

Heißa,
über mir,
hat das gerumpelt
und gepumpelt,
gab es ein Zerren und ein Schieben,
ihr Lieben,
dieses mitten in der Nacht!
Ich bin davon aufgewacht.

Hatte, bis da hinein, so einen schönen Traum,
las, nicht ganz allein, unter einem Apfelbaum
von Bischofsstäben und dem Himmelstor
diesem schönen Mädchen vor,

welches dabei, mich keck streichelnd, lachte,
was mir große Freude brachte!

Böse Nachbarn!
Böse Nachbarn!

Warum nur, aus welchem Wahn heraus
machten sie meinem Traum den Garaus,
statt zu schlafen, wie der Rest der Welt?

Heute Morgen erfuhr ich es-
sie haben die Zeit umgestellt!

*** Das Universum wird in 10 Tresvigintillionen Jahren untergehen.
Hoffentlich ist das kein Sonntag.***

KIND IM HAUS

Es
ist wieder
dieses Halloween,
seufzte das alte Mütterchen.

Frau Hollehex
verstand in diesem,
ihrer Ansicht nach völlig unnötigen,
aus dem Ami-Land kommenden, Konsumtag,
keinen Spass.

Erinnerte
dieser sie doch
an ihren mißratenden Sohn,
ihre karrieregeile Tochter,
sowie an ihre schmale Ost-Lehrerinnen-Rente,
die es ihr kaum erlaubte,
zusätzliche Leckereien
zu kaufen.

Dennoch
schaute sie bei jedem Klingeling
durch den Türspion.

Endlich,
zum Abend,
nachdem etliche Kinderhorden
vergeblich um Einlass gebeten hatten,
stand ein kleines Mädchen, allerliebst
in ihrem Biene-Maja-Kostüm anzusehen,
vor ihrer Tür.

„ Nun - komm herein,
zartes Mägdelein,
hier erwartet Dich wirklich Überraschendes!“,
sagte da das alte Mütterchen Hollehex.

Am nächsten Tag
begann sie ihre jährliche, große
Winter- Einweck- Aktion
und schon am folgenden Sonntag gab es ihre Lieblingsspeise:
Klösse, dazu Braten, süß- sauer.
Mit Rosenkohl.

EINZUG
AM 28.06.2018

Angekommen.
Erwartungsvoll-mißtrauisch äugt das blaue Haus.
Was ist das denn nun für eine?
Mit Kind.
Kein Mann.
So, so.
So eine ist das also.

Da heißt es,
sich Mühe geben,
Wärme und Wasser,
Schutz
vor Wind und Schnee und Regen,
mit Türen und festem Mauerwerk
gegen
den bösen Wolf!

Platz bieten
für
Freundschaft,
Liebe - vielleicht.
Und -
für Verwandte.
Auch für Verwandte.

Damit
es, eines Tages, für sie heißt:

Ich bin angekommen.
Hier ist meine Heimstatt
und,
spät abends,
für
zwei Menschen in einem blauen Haus
erlischt
hoffnungsvoll
das Licht.

*** Sie ist seit Jahrzehnten auf der Suche nach einem Prinzen.
Dieser müsste aber,
wenn er nicht aus England ist, schon lange ein König sein.
Könige wiederum wollen nur Königinnen.
Wie auch immer -
so wird das nichts.***

DER REPUBLIKFLÜCHTIGE

Wie hatte er gelitten.
Furchen des Schmerzes durchziehen sein Gesicht,
eingegraben durch seine Zeit
unter dem unsägliches Unrechtssystem,
traumatisiert,
schwere Augen, mit letzter Kraft
hält er sein Buch der Erinnerungen in die Kamera.

Ja, aber -
ja, aber,
wie hier geschrieben steht,
sie sind doch erst 1988 geboren,
sagte die verdutzte Reporterin.

JA,
antwortete der heldenhafte Mann
ich habe dieses Leid
schon in ganz jungen Jahren
erfahren
müssen.
So grausam kann das Leben sein.
Ich bin noch ein Kind gewesen
und doch...

Eine Träne rinnt über seine gefurchten Wangen,
hinab,
in die Freiheit.

Endlich.

DIE GROSSE SCHLACHT
DER
TRWXPLSTLER
GEGEN
DIE MENSCHHEIT

Die kleine,
in dezentem Grau gehaltene,
von den mächtigen Teleskopen der Erde
nicht erkennbare,
Raumzeit-Yacht des T``mpf,
einem Teenie aus der 8. Galaxie,
jenseits der drei Sonnen,
umrundete die Erde
einmal.

Die,
nach dem Zufallsprinzip,
übriggebliebenen Menschen,
alle anderen hatten sich in ihre Grundelemente aufgelöst,
ca. 1oo.ooo,
fanden,
entsprechend der Statuten der
Kommission zum Schutz suizidgefährdeter Arten,
entsprechende Beweise liegen vor,
ihre künftige, betreute
Heimat
auf der
Insel
Madagaskar.

DAS ALTE GARTENHÄUSCHEN

Vor
langer, langer Zeit...
wobei-
wie mag sie aussehen,
so eine lange Zeit?

Trägt
sie, vielleicht,
zu ihrer Länge passend,
modisch aktuell,
ein buntes Maxikleid?

Aber, aber, aber-
ich schweife ab.

Ein Minikleid mag ihr ja auch gut stehen,
denn klar ist:
Die Zeit ist eine kapriziöse Frau,
unberechenbar,
schwer zu verstehen.

Das wollte ich jedoch gar nicht erzählen,
sondern etwas über -
ah,
da oben steht es,

dieses alte Gartenhäuschen,
in dem,
während eines Sommerfetenpäuschens,
eine Mutter von drei Knaben
versonnen zu mir sprach,
sie würde gern,
von mir,
einen vierten bekommen.
Jetzt und hier.

Nun weiß ich gar nicht mehr...
Es ist wohl doch zu lange her...
Jedenfalls
steht auf dem Platz des alten Gartenhäuschens jetzt ein Baumarkt.

DER WEITER - BAUM

Unbesorgte Bürger,
wutlos,
lieben ihre Kinder
grenzenlos,
haben Vertrauen,
zu sich selbst,
haben dieses Zukunfts- Gen,
das ihnen hilft,
beim morgendlichen Aufstehen,
auch mit Zipperlein,
fühlen sich nie abgehängt,
da sie immer weiter gehen,
auch wenn es gerade nicht schön ist,
immer weiter gehen,
auch wenn es gerade wenig zu lachen gibt,
immer weiter gehen,
auch wenn Verborgenes im Kopf die Sicht einschränkt,
immer weiter gehen,
immer weiter gehen,
immer weiter gehen,
immer weiter gehen.

ES GESCHAH AN EINEM SONNTAGMORGEN
(FÜR EMMA)

Es
geschah an einem Sonntagmorgen.

Wir waren müde von der langen Nacht,
wir hatten zu dritt über die vierte gewacht.

Dann wurde es Zeit für Dich, aufzugeben,
Dich nicht mehr zu quälen, aufzugeben.

Es war für alle besser so.
Es war für alle besser so!
War es für alle besser so?
Es war für alle besser so!

Denn sogar die Kirche spielte,
als Du starbst, auf ihren Glocken.

Dort, wo Du jetzt bist, ist es sicher schön,
wir kommen auch bald nach.

Erst waren wir vier,
nun sind wir nur noch drei.

ENDLOSSOMMERBLUES

Ich sitze auf einem Stuhl
und schaue zu,
wie mein BauchFett schmilzt.
Es ist kein Vogel in der Luft.
Ich müßte mal dringend etwas klären,
doch dazu habe ich keine Lust.

Das ist mein EndlosSommerBlues.

Über den Dächern flimmert die Hitze,
es klingelt das Telefon.
Ich weiß, dass Du es bist, doch
ich kann jetzt nicht reden,
ich muss zusehen,
wie mein BauchFett schmilzt.

Mann, das ist schade,
dass es gerade
jetzt so elendig heiß sein muss.
Ich hatte solange auf
eine Nachricht von Dir gewartet.
Ja- das ist schade.

Ich sitze auf meinem Stuhl,
wie eine alte, fette Dampfwurst.
Alle Pläne verdunsten
im fröhlichen Sonnenschein.
Ich könnte mich erregen, doch das lass ich lieber
und schaue zu, wie mein BauchFett schmilzt, denn

das ist etwas Gutes, in meinem
EndlosSommerBlues...

MANCHE TAGE

Manche Tage
sind wie geschaffen für
schlechte Gedanken,
die lähmen,
einem
jede Hoffnung nehmen
auf
Besserung
der allgemeinen Lage.

Jede Ambition
scheint
sich aufzulösen,
scharfsinnige Analysen
machen einem
ungesunden Vorsichhindösen
Platz.

Das ist unbefriedigend.
Deprimierend.
Gedanken darüber
machen nichts besser,
kosten noch mehr Kraft,
die fehlt,
um zu gestalten.

Vielleicht
fehlt nur der
Regen.

DIE PLASTIKWELT

ist so schön bunt!

Früher
waren wir stolz
auf die Errungenschaften des Sozialismus,
aber heute hat alles ein
aber.

Ich mag
die schönen, bunten Plastiktüten,
in denen das FLEISCH,
auf meinem Nachhauseweg,
mit meinem großen, schwarzen und bequemen
Auto mit Klimaanlage,
so wunderbar saftig bleibt.

Dazu
das Obst aus fernen Ländern,
die meinem Gehalt angepassten Preise
für Kleidung, Milch und Honig,
dem Erdgas aus Russland,
meiner Gitarre aus China
und
dem indischen Ball für Igor.

Und -
ich mag gute Nachrichten
aus der ganzen, schönen, bunten Welt.

Ich habe das
ABER
so satt.

Mir geht es gut.

WIRRE, DAS

Huch, huch, huch,
nun -
ja, woher kommt denn Ihr?
Gedanken, Gefühle,
wie
anno dunnemals,
klopfen den Staub von ihren Kleidern.

Spannung.
Fragen.
Spannende Fragen.
Wenig Antworten.

Neues
will beschrieben,
will benotet,
will gelebt werden.

Auaweia.

Lang Gelebtes wehrt sich.
Trauer, Zweifel, Unsicherheit,
statt
des ruhig alternden Gleichmasses.

Nur Mut
für
Wirre, das.

EINE GROSSE LIEBE

Er liebte sie
und
sie hatte nichts dagegen.

Amüsiert hat er sie
und
nach seinen langen, öden Jahren
schnitzte er für sie
sein Herz
in die Innenwand eines Abwasserkanals.

Das rührte sie
und,
trotz seines Protestes,
nahm und wusch sie ihn.

Nach dem Abschiedskuss auf dem Bahnhof Wehmutsfelde
winkte er ihr noch lange nach.

Sie
konnte es leider nicht sehen,
denn sie las in einem Buch.

SIGNALE,

ein Weltraumabenteuer-
das war ein wissenschaftlich- phantastischer Film.
Aus der DDR. DEFA.
Leicht zu verstehen.

Signale
einer Frau
sind leicht nicht zu verstehen.

Widersprüchlichkeiten
lösen sich
in neuen Widersprüchlichkeiten, auf.
Erklärungen, Berührungen,
sind,
bis auf weiterhin Verwirrendes,
gleichzeitig ihr Widerruf.

Oder auch, sehr gern verwandtes:
Ja - Nein.
Selbstbewußte Unsicherheit.

Der fröhlich pfeifende Wanderer mag das Moor.
Wegen der bunten Blümchen.
Erst recht in der Nacht.

Lässt er sich von den Sternen führen.
Im Moor.
Was für ein Blödmann.

EIN VERSEHEN

1975
Internat der EOS Lübz
Winter
01.30 Uhr

Ausgehend
von den
zehn Grundsätzen der sozialistischen Moral,
schliefen die männlichen Schüler im Haupthaus,
die weiblichen in einer,
in der Nähe liegenden,
Baracke.

Sinnlos bewacht
durch ein versoffenes Heimerzieherpaar,
als könnte irgendeine Macht
den gerade erwachten Trieben
Einhalt gebieten.

Dunkel war es im Flur der Baracke,
schlaftrunken zählte ich die Türen auf der linken Seite,
die achte war`s,
um mein liebevolles, wärmend- bereites
Geschenk zu erhalten.

Leise.
Leise.
Leise schlüpfte ich in ihr Bettchen auf der rechten Seite,
leise kam ein: Huch, hast Du kalte Hände!,
leise kam mir die Erkenntnis:
Ich hatte mich verzählt!

Jedoch-
gleich leise kichernd
die Fragen: Du bist doch der Björn?
Du willst doch zu G.?
Ja. Entschuldigung. Ich...

Pssst.
Sie bleibt Dir doch.
Wenn Du doch schon einmal hier bist,
da will ich doch mal schauen-
pssst,
Du kannst Deine Hände ruhig vorwärmen,
zum Beispiel hier oder da,
nicht so derb,
so ist es besser...
Leise.

Danach,
bei meiner Freundin,
verhaltenes Kichern ebenfalls
die Feststellung:
Sage mal. Das warst doch Du da eben nebenan.

Wieso...

Pssst.
Deine Hände sind warm und eine Nase habe ich auch.
Du bist nicht der Erste, dem das passiert ist.
Du musst noch viel lernen.

Immer bereit!

Kichern.
Pssst.
Leise.
Schön, dass die Hände nicht so kalt sind.
Ah, Du hast schon was gelernt...

EINE GANZ NORMALE FRAU

Sommerabend im Schatten einer Scheune
des Bürgergartens eines Gutes.
12 Menschen möchten von sich erzählen.
Entspannt.
Unter ihnen aber eben auch
SIE.

Ende vierzig,
mittelgroß- und schlank,
ausgebleichtes Blond,
blaues Leinenkleid.

Schon heute,
lange vor dem kommenden Ereignis,
beginnt es in ihrem Gesicht
unheilvoll zu arbeiten.

SIE
hat Angst.
Vor sich.
Vor dem,
was in ihrem Inneren ruht.

Naheliegend
wäre
eine,
von ihr kurz zuvor erwähnte,
tragische Liebesgeschichte.

Natürlich
ihre
tragische Liebesgeschichte.

Da hoffe ich doch sehr,
dass es dabei bleiben wird.

SUPERDICKE SUZI

„Noch mehr!
Noch mehr!“,
denkt sich die superdicke Suzi
und ißt ihren vierten Hamburger,
danach ein Schächtelchen Praline`s
zur Seifenoper des Nachmittags,
der schönen Menschen,
die, augenscheinlich,
nicht so sind, wie sie.

„ Noch mehr!
Noch mehr!“,
von allem,
denn das Leben ist böse,
die Männer sind böse,
wollen immer nur Geschlechtsverkehr
mit ihr
nun auch nicht mehr
und lassen sie allein,
sie und die Kinder,
es fließen die Tränen Rinnen
auf ihr ehemals
anschaubares Gesicht.

Sie fühlt sich --- abgehängt,
jawohl, das war das Wort,
dass sie zwischen den Kuchenstückchen
gesucht hat, das ihr gefällt.
Abgehängt wie eine Schweinehälfte beim Metzger.
Und gleich kommen auch noch die Kinder aus dem Hort!
Abgehängt.
Alles ist so traurig,
dass es sie wütend macht.

Gleich kommen die Kinder aus dem Hort.

HIM

Him.
Him?
Him!

Himbären
Trommeln ach durch meine Brust
auf mein
Schienbein.

Soso.
Einer hält
vier Rosen fein, Blütenstaub
und
einen kranken Schmetterling
in seiner Hand.

Soso.
Lächelt dazu.
Singt ein schönes Lied:
" Und weil Du heut Geburtstag hast
und noch nicht im Grab
bist
Du heute nicht allein".

Soso.
Danke!
Das ist lieb von Dir.

ICH BIN TRAURIG

Ich bin traurig.
Die Bäume hören mir,
bei meinem Spaziergang,
tröstend zu.
Der Weg
nimmt seine Pfützen aus meiner Bahn.

Ich bin traurig.
Der Wind brachte mir meinen Hut zurück,
als er merkte, dass ich heute nicht mit ihm spielen will.

Ich bin traurig.
Nach dem letzten Überfall schenkte mir der weinende Räuber
seine goldene Kreditkarte und verriet mir
ihre Geheimzahl.

Ich bin traurig.
Meine Frau liebt mich.
Mein Gehalt wurde verdoppelt.
Ich habe im Lotto gewonnen.
Die böse A. hat sich ein Bein gebrochen.

So geht das,
denn ich bin heute traurig.
Wirklich traurig.
Aber- morgen geht die Post ab!

IM WEIN LIEGEN TRÄNEN

Im Wein liegen Tränen.
Auf der letzten Überfahrt sangen Sirenen,
für uns,
ihre Lieder voller Traurigkeit.

Freunde wurden Feinde und Feinde meine Brüder
und
alles denke ich nur,
weil Du nicht bei mir bist.

Hier,
in meiner Wohnung.
Wir gehen spazieren durch das Devon.
In jedem Atemzug suche ich den,
der uns weiterbringen muss!

Träume habe wir nun schon genug gehabt.
Es wird Zeit, dass man auch mal einen leben kann.

Wie sehr wünschte ich mir -
Du wärst hier.

DIE ERKENNTNIS

Er war müde.
Er hatte es geschafft.
Nach 27 Jahren mühsamer Forschungsarbeit
hatte sich die überwältigende Erkenntnis
im letzten Monat ergeben.

Er schmunzelte.

Die Kollegen werden nicht wenig staunen.
Seine Ergebnisse waren unantastbar.
Er hatte 27 Jahre lang falsch gelegen.

Ganz falsch.

Ein Forscherleben lang falsch.
Schlurfend verließ er das Laboratorium.

LIED DEN VERLASSENDEN

Wie groß ist die Einsamkeit
derer, die verlassen?
Wenn sie auch geliebt haben
sicher nicht so,
wie sich das
die Verlassenen vorstellen.

Es beginnt nicht auf einmal
deren großes Leben.
Sie müssen sich auch erholen.
Mit dem festen Glauben,
dass es so richtig war.
Haben sie den nicht,
wird es schon kompliziert.

Man tut so dies oder das mit anderen.
Manches mit einem Gummi.
Das ist es aber auch nicht.

Wie groß ist die Einsamkeit
derer, die verlassen?
Wenn sie nicht geliebt haben
auch nicht so,
wie sich das
die Verlassenen vorstellen.

DER UNSENSIBELE MANN MANFRED

„Du bist so unsensibel" stellte, mit fester Stimme und,
über die Jahre zum zigsten mal,
des Mannes Manfred robuste Frau Gernhilde fest.
„Geradezu widerlich unsensibel!"
Im Mann Manfred
manifestierte sich mit dieser letzten Wiederholung
Die unumstößliche Gewissheit:
Er ist unsensibel.
Eine nicht enden wollende Traurigkeit
durchdrang ihn, daraufhin er
sich den guten Sonntagsstrick nahm und sich,
in ihrem Atelier,
vor ihren besten Aquarellen!,
erhängte.
Er war eben unsensibel.

WUNSCHREISE

Noch
ist es still in der Stadt der Lichter,
aber
die Koffer sind schon gepackt.
Du bist aufgeregt, denn es ruft uns die Strasse!
Es geht in unser Ferienland!

Ob in die Berge oder an die Ostsee,
Burgen oder eine Hanse - Stadt.
Ich fahre uns, wohin wir auch immer wollen.
Umwege sind eingeplant und
kümmern uns gar nicht.

Das Igorle muss wieder ein wenig weinen.
Das Lydchen schläft gleich wieder ein.
Aus dem Radio erklingen Ferienweisen,
manche davon sind dämlich, doch -
so muss das sein.

Mit keiner anderen will ich fahren.
Mit keiner anderen will ich dann dort sein.
Mit keiner anderen will ich verreisen.
Mit keiner anderen fahre ich,
viel später, danach
auch wieder gerne heim.

MARIAS SCHÖNER WEG ZUM RUHM

Maria,
die filigran - kindlich leuchtende,
sang, sitzend auf einem Felsen an der Quelle des Flusses Mhur,
zum Sonnenaufgang,
ihre wunderschön - traurigen Bachriesellieder,
so dass die Vögel im Flug vor Bewunderung erstarrten
und zu Tode fielen.
Geh, sagte da die Mutter!
Geh, sagte da der Vater!
Geh in die große Stadt!
Maria nickte und
machte sich singend auf ihren gelben Backsteinweg,
vorbei an malerischen Dörfern und Feldern,
in denen ihr die Menschen zujubelten,
vorbei an den dunklen Wäldern des Neides und der Gier;
Goldene Brücken
führten sie sicher über die Sümpfe böser MännerGedanken,
Silberne Brücken
führten sie sicher über die Sümpfe böser FrauenGedanken
bis in die große Stadt.
Dort endete ihr gelber Backsteinweg,
doch ab dem Stadttor lag für sie,
umgeben von einer begeisterten Menschenmenge,
ein rubinroter Teppich bereit,
der sie bis zur,
für sie eigens errichteten,
mit Blumen geschmückten, Holzbühne
auf dem Marktplatz führte.
Auf dieser singt Maria seit diesem Tag
Abend für Abend
ihre
traurig - wunderschönen Bachriesellieder,
heiratete später den Prinzen
und wenn sie nicht gestorben sind...

FRAU IN DER U-BAHN

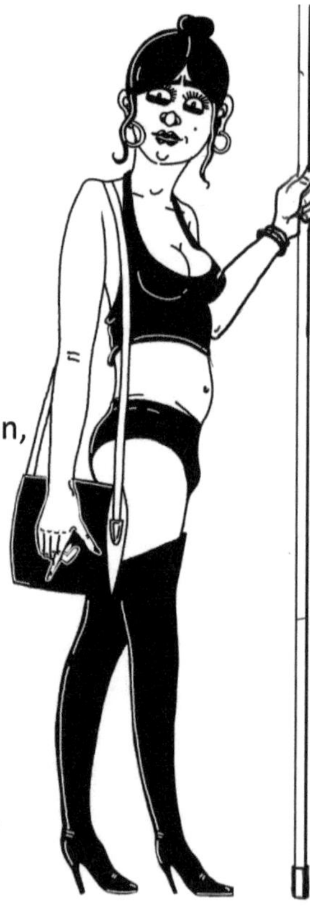

Da war eine Frau in der U-Bahn.
So eine Frau in der U-Bahn.
Ich hatte sie noch nicht ein Mal berührt,
doch gespürt habe ich -
das wäre eine Frau für mich.

Sie hatte dieses Winken mit den Schenkeln
in den Augen,
diesen Hauch diplomierter Pornographie.
Sie hatte dieses abgewetzte Leder auf den Schuhen,
dieses:
Geh, hau ab und dann kommst Du wieder her!

Sie war eine Nutte, leider,
nur der Arzt sagt OB.
Bin, bis heute, noch völlig durcheinander.
Komme immer noch nicht mit mir klar.

Morgen gehe ich wieder zu ihr hin und frage sie,
ob sie mich trotzdem will.

TOK, TOK, TOK

Tok, tok, tok
schlägt der Ast an ihr Haus.
Sie wartet.

Sie hatte einen Mann kennen gelernt.
Verbrannte seinetwegen ihm ihren Verstand.
Wartet.

Auf dem Wohnzimmertisch stehen zwei Kerzenhalter,
liegen zwei hübsch gefaltete Servietten,
ergeben
mit den Kristallbechern, den Porzellantellern, dem Silberbesteck und
der China- Vase mit den welken Schnittblumen
ein ergreifendes Stillleben.

Stille.
Sie wartet.
Tok, tok, tok.

WOVOR FÜRCHTEST DU DICH?

Bis zur Nasenspitze diese Erregung-
Fürchtest Du Dich?
Wovor fürchtest Du Dich?

Dieses Beben Deiner Nasenflügel,
Wetterleuchten im Augenlicht.
Es naht das Sommerende.
Fürchtest Du es?
Wovor fürchtest Du Dich?

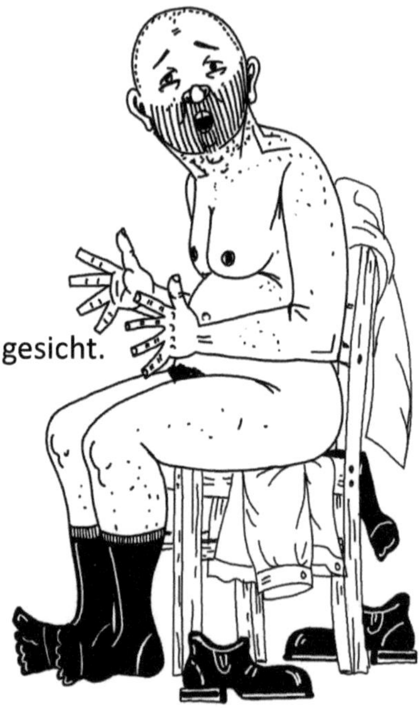

Die letzte Wanderung der Fingerspitzen
vor dem nahen Herbstgericht.
Ich kenne diese Erregung in Deinem Frauengesicht.
Bist Du mir nicht schön und klug genug?
Wovor fürchtest Du Dich?

Wir sind zusammen alt geworden.
Ich weiß. Ich weiß. Ich weiß!
Ich mag die Falten in Deinem Gesicht.
Wovor fürchtest Du Dich?

Ich weiß noch wie es war,
Dein Haar,
so ganz ohne grau ist es heute noch für mich.
Wovor fürchtest Du Dich?

Sie hat kastanienbraunes Haar,
durch das Sommerlicht rubinengeschmückt
hat sie es nur für mich.
Ich kann Dir gar nicht sagen, wie gut sie für mich ist.
Ich verlasse Dich.

Wovor fürchtest Du Dich?

WEIT GEBRACHT

Ich glaube,
Du hast uns weit gebracht,
doch die Tage hatten zu viel kalte Hände.
Die legten sich nicht kühlend auf die Stirn,
die drückten und schlugen und griffen ins Hirn-
griffen tief hinein,
kühlten das Hirn zu Stein.

Und-
es blieb, was so bleibt,
ein Rest,
der riecht mit der Zeit.

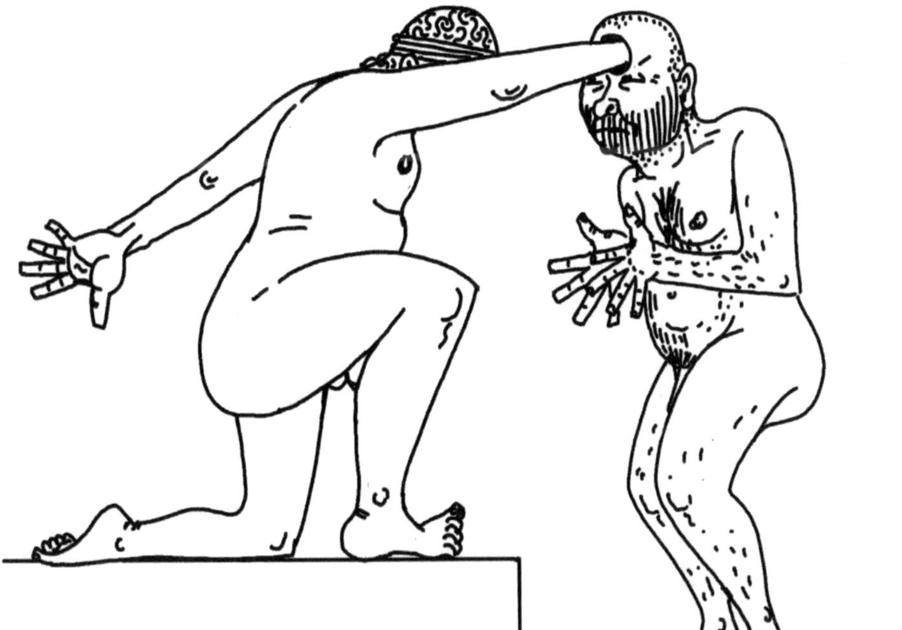

DIE GLÜCKLICHEN

Sie sind seit 20 Jahren verheiratet
und
lieben sich noch immer.
Ihre Kinder sind wohlgestaltet
und
erfolgreich.
Mit den Schwiegereltern besuchen sie sich gern
und
gegenseitig.
Ihre Nachbarn sind freundlich
und
hilfsbereit.

Das Haus ist abbezahlt.
Ihr Hund ist liebenswürdig.
Ihre Kirschbäume tragen auch in diesem Jahr wieder besonders gut.
Alle Beteiligten sind gesund.

IN DER DÄMMERUNG

In der Dämmerung
auf die Nacht wartend,
leiser werdende Abendtöne,
stetig verblassende Farben
bis es endlich Nacht wird.

Kein Morgen.
Bitte kein Morgen mehr.

DER GRÖSSTE

Ich war der Größte.

Für den heutigen Abend
hatte ich Freunde eingeladen.

Ich war brillant.
Ich war humorvoll.

Geschichten habe ich von mir erzählt…
Alle haben gelacht.
Oder zugehört.

Haben sie nicht,
sind weg.

Meine Frau schläft auch schon seit zwei Stunden.

DAS MÄDCHEN MIT DEN KURZEN, SCHWARZEN HAAREN

Es ist so,
wenn mein Gemüt krampft
und ein Kartoffelpuffer mich fast zum weinen bringt,
dann kommt dieses Mädchen zu mir und sagt:
„Na, Björn."
Ich antworte: „Na, Mädchen!"
Sie sagt: „Na, Björn!"
Ich antworte: „Habe ich wieder einen Wunsch frei?"
Sie sagt: „Ja, Björn!"

Dann wünsche ich mir etwas,
und
im nächsten Jahr,
darauf freue ich mich schon,
habe ich wieder einen Wunsch frei.

WEINEN

Alles ist vorbei.
Unsägliches Muss,
Hass auf Wörter, Hände,
Geruch -
alles ist vorbei.

Wir sind uns nicht fremd geworden.
Was wäre das für ein räudiges Gelüge!
Nein,
wir kennen uns
von A wie Orgasmus bis
O, dem letzten Gramm des Erbrochenen.

Unser Gutes
sitzt verängstigt
in der Küche
unter dem Herd.

Weinen.
Wir weinen.

Nicht wegen der Ausbrüche,
des filigranen Schweinseins,
sondern,
weil wir jetzt wissen,
dass es bessere gibt.
Für Dich.
Für mich.

Du hast es gesagt.
Ich habe es gedacht.

KLEIN - LALULU UND MR. BOBUBU

Klein - LaLuLu
hat zwei Elfenbeinhändchen,
ein Porzellanfigürchen,
eine süße, zarte Orchideenblüte und im
pinkenen WC
zwei Wasserhähnchen und ein Kolibri - Bidet -
aus Eiscreme und Gold.
Ich liebe Sie, auch
wenn sie es nicht will.

Klein - LaLuLu
ist eine Meisterin der Unzucht
der verwunschenen Art. In ihrem
Puppenhaus gibt es nur
feinste Genüsse aus dem Kamasutra.
Deshalb hat sie auch nur einen
Gast am FreierTag.

Klein - LaLuLu
hasst all das Grobe
dieser stinkig-trampeligen GeldGierWelt.
Klein - LaLuLu
erzählt sich Feenmärchen
schillernd und schön.
Klein - LaLuLu
mag nur sanfte Gräser
für ihr zartes Gemüt damit es leicht bleibt.

Mr. Bobubu
handelt mit kleinen Dingen,
die glitzern und immer auch
sehr wertvoll sind.
Diese schenkt er sehr gern Klein - LaLuLu,
weil es ihn erfreut,
wenn es sie erfreut.

Alles an ihm
ist eher winzig geraten,
gerade das aber mag Klein - LaLuLu,
dazu, dass Mr. Bobubu
ein Mann voller Phantasien ist und
ihr Glitzerdinge schenkt, fein geschliffen,
genau wie Klein - LaLuLu sie mag und
so lange das so ist, bleibt er auch
ihr einziger Gast am FreierTag, denn

Klein - LaLuLu
hasst all das Grobe dieser stinkig- trampeligen GeldGierWelt.
Klein - LaLuLu
möchte da nie hinaus. Sie hat Angst vor dieser GeldGierWelt.
Klein - LaLuLu liebt Mr. Bobubu und außerdem
ihre Wasserhähnchen und das Kolibri- Bidet aus Eiscreme und Gold...

WUNDERPILLE

Hätten sie für mich eine Wunderpille?
Ich glaube, ich habe sie nötig.
Ich leihe mir dafür auch ein wenig Geld.
Schenken wäre natürlich besser.
Ein Mittelchen für - dass ich ein glücklicher König
oder
eine Königin werde.

Das Elend kann draußen bleiben.
Nicht so einen Mist für ein paar Stunden!
Ich will richtig Endorphine satt!
Und schon gar nicht will ich irgendetwas bereuen!
Zweimal im Monat nähme ich mir Zeit,
um etwas unglückelich zu sein.

Ich denke, das reicht aus. Sonst gewöhne ich mich ja noch daran!
So etwas soll man nicht übertreiben!
Herr Doktor, Herr Doktor, so wie sie aussehen,
da frage ich doch mal lieber einen anderen.

Herr Apotheker, ihre Frau kenne ich,
da ist wohl auch nicht viel zu erwarten.
Ich wäre ein guter König oder eine gute Königin.
Oder Traumzauberbaum.
Bernd, das Brot käme auch noch in Frage.
Da bin ich überhaupt nicht kleinlich.
Vielleicht wäre ich auch als Dildo nicht schlecht.
Als Frauenphantasie?
Na ja..?
Wir können über alles reden.

BANALES VOM TAGE

In der Wüste gibt es Leben.
Das Flusswasser fließt bis in das Meer.
Morgen gibt es wieder Regen, nur nicht,
wenn die Sonne scheint.
Auf den Bergen gibt es Wipfel,
auf den Zwergen gibt es Zipfel,
auf der Königin Ruth liegt gern
der bürgerliche Hans Gimpel.
Hunde fressen keine Katzenminze.
Ein Krankenwagen fährt am Haus vorbei.
Im Nachthimmel fliegt ein Flugzeug.
Hunde bellen sich freudig an.
Vor dem Haus schreit ein Betrunkener.
Importierte Böller explodieren.
Auf der Straße fahren Autos.
Reklame leuchtet ihre Botschaft in das All hinaus.
Es ist, für die Jahreszeit, zu mild.

EINFACH IST ES NICHT

Es könnte so einfach sein.
Ein älterer Mann,
eine, nicht mehr ganz junge, Frau.
Sie mögen sich.
Sie finden sich gern im Lauf einer jeden Woche.
Sie schreiben sich.
Er ist irgendwo angebunden.
Sie fühlt sich still verpflichtet.
So wird das nichts.
Aber-
Warten wir es ab.
Ja.

BJÖRNS-OSSI-KINDHEIT IN MECKLENBURG

In unserer kleinen Kate hing ein Bild von Onkel Stalin.
Unser Hund hieß Kosmonaut, der war ein großes, böses Vieh.
Der musste auch so sein, denn die Nachbarn waren diebisch.
Heute weiß ich: Es war nur der Hunger. Sie waren nicht in der Partei.
Und im Winter, auf dem Schulweg, vertrieb ich Polen-Bären
mit dem Schneeball und sang dazu
ein fröhliches Junggardistenlied.- Ich war ein Kind.

In der Schule gab es keine Prügel. Dafür waren die Lehrer zu schwach,
doch sie erzählten, mit leuchtenden Augen,
von dem kommenden, großen Tag.
Wir hatten sogar einen Fußball aus der großen Sowjetunion.
Auf die Kirchenkinder warfen wir Steine. Hier ist nix mit Gottes Sohn!

Jeden Donnerstag gab es Möhreneintopf. Jeden Montag ein Bild davon.
Gesalzen mit den Tränen der Köchin - ihr Onkel war im Westen ein Baron.
Die IM-Kinder bekamen oftmals Nachschlag!
Manchmal sogar etwas Fleisch.
Im Sommer badeten immer alle nackig.
Es hat nie zu einer Badehose gereicht.
Ich könnte noch viel erzählen. Von unserer Sowchose und dem alten MG,
von dem hängenden Pfarrer am Kirchensparren und
seiner Tochter Anne-Marie.

Ich erzähle eben gerne Märchen aus alter Zeit
und bin erstaunt darüber, was so alles wahr wird,
wenn der Sieger Geschichte schreibt.

INRI

WEIHNACHTSFEST

Du kannst das Fest nicht leiden.
Einige Erinnerungen daran sind nicht schön.
Lieber wärst Du an diesem Tag dort,
wo es dieses Fest nicht gibt.

Das ist schwierig, mein Lieb,
denn es ist auch in Dir.
Egal wo Du auch bist- dort und hier.

Nun sage mir doch mal:
Was hat Dir der Weihnachtsbaum getan?
Versprochen. Kochen musst Du auch
in diesem Jahr nicht. Da ist besser so.

Wir ziehen uns ein wenig
passend zum Baum an.
Ich trage `ne Kugel und die Krone obendran.
Na, nun komm schon und sei nicht zickig!
Das ist nicht der schlechteste Tag um die
Schwerter ruhen zu lassen und einmal
lieb zu sein!

Genau.
Das ist es.
Das wünsche ich mir von Dir.

Die alten Erinnerungen -
das ist schon so lange her.
Vielleicht hilft da auch einmal weinen,
dafür ist es auch ein guter Tag.
Nur, weil es Dir schwer fällt heißt nicht,
dass Du es nicht mehr kannst.
Nur, weil es mir schwerfällt heißt nicht,
dass ich es nicht mehr kann.
Wir können aber auch die meiste Zeit fröhlich sein.

DER ZUG FÄHRT LOS

Ein Pfiff.
Dampfwolken,
mächtige, eiserne Räder,
ein Gesicht hinter Glas,
im Holzabteil sitzt
Du.

Der Zug verlässt diesen Ort
mit
einem mühsamen Anfahren,
ächzend und doch voller Kraft.

Du
hast Dein Leben hier,
oder
es hat Dich,
geschafft.
Es geht zurück
oder
voran,
es warten,
auf Dich
in Muttis Garten,
die Vögelein mit einem Konzert
in A- Dur
zum
Lebensabend.

Björn Trockenobst

geboren am 19.03.1960
aufgewachsen als büchernärrisches Wald- und Seenkind
erzählt gern eigene Geschichten und Lieder
Hunde- und Baumpate
ledig
Fahrrad- und Autofahrer
Raucher
hat kein Smartphone
pragmatischer Phantast

Bjoern.Trockenobst@gmx.de Tel.: 0177 7368 211

K.P.M. Wulff

geboren 1950
also jetzt schon ein alter Mann
der in Berlin wohnt
dort zeichnet und malt Bilder
und das schon seit immer

http//:ag-rababa.homepage.t-online.de

„TROCKENOBST“ CD I
„ Charlie hat Lydchens Elefanten gefressen! “

Demnächst im Angebot:
„TROCKENOBST“ CD II
„ Heute frisch! “